Olivia- die Gestalt unter der Laterne

Eine Novelle von Michael Kalters

AF198884

Olivia- die Gestalt unter der Laterne

Novelle

Von Michael Kalters

3. Auflage, 2021

©2021 Michael Kalters

Herstellung und Verlag: BoD – Books on Demand, Norderstedt

autor@michael-kalters.de

https://michael-kalters.de

ISBN: 978-3-7504-9810-5

Inhaltsverzeichnis

Die Ankunft

Ich bin heute wirklich müde.

Der Stress der vergangenen Monate hat mir die letzten Kräfte geraubt. Immer wieder habe ich den mir zustehenden Urlaub verschoben. Wohin soll ich auch fahren? Bis zwei meiner Cousins eine glänzende Idee haben. Sie organisierten alles, ich muss nur den Urlaub beantragen und mich anteilmäßig an den Kosten beteiligen. Und die fallen wirklich nicht sehr hoch aus!

Heute am Abend treffen Andreas, Thomas und ich in Palma de Mallorca ein. Der Flieger ist pünktlich zwanzig Uhr gelandet. Andreas holt mit mir die Koffer, während Thomas zum Autovermieter sprintet und doch schon eine Schlange Wartender vorfindet. Aber es geht dann schließlich recht flott. Ehe ich alles so richtig mitbekomme, sitzen wir im Renault und düsen Richtung Cala Figuera bei Santanyi davon.

Die Sonne geht langsam unter. Goldene Strahlen prallen auf die Steinmauern links und rechts der schmalen Straße und zaubern eine unwirkliche Stimmung. Im Gegensatz zu Deutschland, das wir frierend und mit nasser Kleidung verlassen hatten, ist es hier sehr warm.

Thomas fährt zügig, aber nicht riskant. Kurz vor dreiundzwanzig Uhr kommen wir im Ort an und finden in der Nähe des Hafens sogar noch einen freien Parkplatz. Unser Hostal, das »Apartementos Llevant«, liegt direkt am Beginn der Fußgängerzone, ein paar Meter von der Hafenmauer entfernt. Die nette Besitzerin lässt uns ein, zeigt uns das Appartement und wir packen aus.

Es war ein ereignisreicher Tag, ich bin müde und schlafe schnell ein.

Erster Abend

Ich lehne am Terrassengeländer unseres Hostals. Es ist ein Uhr nachts. Meine beiden Cousins schlafen bereits tief und fest. Ich habe die Beleuchtung ausgeschaltet, lediglich aus dem Wohnzimmer fällt ein schwacher Schein gelblichen Lichtes heraus. Diese Stimmung muss ganz einfach genossen werden!

Auf dem Plastiktisch stehen ein Weinglas, ein Vino Tinto und ein Schneidbrett mit Manchego. Ich habe ihn schön klein geschnitten, immer eine Portion.

Keine zehn Schritt entfernt plätschern die Wellen. Die kleinen und mittleren Boote und Schiffe im Hafen gleichen weißen Perlen in der Dunkelheit. Gegenüber ragt die Steilküste ungefähr fünfzig Meter in den nachtschwarzen Himmel. Der helle Kalkstein reflektiert das Licht des Hafendorfes. Dazu muss ich erwähnen, dass ich mich in der vierten Etage befinde. Ich blicke also direkt von oben in die schmale Straße. Die Gartenschirme, die tagsüber den Gästen in den Straßenrestaurants Schutz vor der Sonne bieten, sind geschlossen und ragen wie kleine Segelmasten empor.

Dazu glitzern die Blechtische und reflektieren das spärliche Licht der Straßenbeleuchtung. Ich gehe schnell ins Wohnzimmer, hole meinen neu erworbenen Fotoapparat und schieße einige Nachtbilder. Der 52-fache optische Zoom und die gute Blende laden zum Experimentieren ein. Ich stehe am Geländer der Terrasse und benutze es als Stativ.

Unten links versperrt eine Schranke die Einfahrt ins Hafengebiet. Die schmale Straße wird rechts von einer niedrigen Hafenmauer begrenzt. Tagsüber liegen hier erschöpfte Radfahrer und aalen sich in der Sonne. Oder Pärchen und Familien nutzen den Sims, um

Fotos zu schießen. Im Abstand von dreißig Metern sind altertümliche Straßenlampen eingelassen worden.

Als ich so fotografiere und an der Brüstung stehe, wandert mein Blick dieser kleinen Steinwand entlang, die die Straße vom Meereswasser trennt. Plötzlich ein Schatten! Da sitzt jemand auf der Mauer, direkt an die Laterne gelehnt und schaut zu mir herauf!

Schnell lege ich die Digicam aus der Hand und stelle sie auf den Tisch. Ich setze mich. Wie peinlich und unangenehm es mir ist, dass die unbekannte Person mich die ganze Zeit über beobachtet hat! Ein Stück Käse nehmend, drehe ich meinen Kopf langsam nach links, eben in die Richtung jener Laterne. Ich erkenne den dort sitzenden Körper nur bis zur Hüfte. Die Beine sind übereinandergeschlagen, die weißen Sneakers wippen etwas. Ich wage es. Bisher war die fremde Person im Vorteil und konnte mich in aller Ruhe beobachten. Was tat sie unten, auf der Mauer, neben der trüben Lampe sitzend, um mittlerweile zwei Uhr nachts?

Ich hebe den Kopf. Das Gesicht und die Schuhe sind gleich Lichtern im Dunkel. Der Körper scheint schmal und zerbrechlich zu sein. Bestimmt ist es eine Frau, vielleicht ein junges Mädchen?

Ich bin hier, um meine Ruhe zu finden. Ich möchte alleine sein. Doch entweder ist es der bereits genossene Wein oder aber die besondere Stimmung im Hafen, die mich anders handeln lassen als üblich!

Kurz entschlossen winke ich hinunter.

Der schwarze Schatten winkt zurück!

Blitzschnell schießt mir da eine Idee durch den Kopf. Mit der linken Hand hebe ich die Flasche Wein hoch, mit der Rechten das Weinglas. Dabei mache ich eine unmissverständliche Geste der Einladung. Dort, wo sich das fahle Licht der Laterne im Gesicht gespiegelt hatte, wird es dunkel und wieder hell. Ein Nicken! Die fremde Person muss jedoch ahnen, dass dieses Nicken schwer zu erkennen ist. Sie hebt den Arm und schlägt mit der Hand zweimal auf die Mauer neben sich.

Ich verstehe. Ich gehe in die Küche, hole einen weiteren Weinbecher, eine neue Flasche Rotwein, Korkenzieher, Messer und Manchego sowie ein Brett aus Olivenholz. Alles packe ich in einen Beutel.

Was ist nur los mit mir? Was tue ich da? Während ich mit dem Aufzug nach unten fahre, dreht sich mein Kopf. Warum? Es ist mitten in der Nacht, ich sause mit Wein und Käse zu einem mir unbekannten Menschen?

Es gibt kein Zurück. Die Haustür schlägt hinter mir zu, den Schlüsselbund stecke ich in die Hosentasche.

Ich eile die kaum fünfundzwanzig Meter in Richtung Hafeneingang und werde mir das erste Mal bewusst, wie leer das Fischerdorf um diese Zeit ist. Nur die Wellen schlagen ans Steilufer, das Geräusch entspannt und beruhigt mich. Der Wind hat aufgefrischt. Doch ich friere nicht. Das Herz klopft, ich höre außer dem Branden des Meeres auch das Rauschen des Blutes in den Ohren. Eine unwirkliche Situation!

Während ich mich von meiner Unterkunft entferne, erkenne ich immer besser die Person, die da mitten in der Nacht auf der Betonbrüstung sitzt. Große dunkle Augen schauen mir erwartungsvoll entgegen. Die Frau, vielleicht Anfang dreißig, wippt mit ihren weißen Sneakers, ansonsten sitzt sie bewegungslos da. Immer näher komme ich ihr, sie wendet das Gesicht nicht ab. Lange schwarze Locken fallen ihr über die Schultern, sie trägt rußfarbene Jeans und eine dunkle, dünne Jacke. Aus meinen Knien weicht die Kraft. Als ich dann vor ihr stehe, mischt sich die maritime Luft mit einem herben, unaufdringlichen Parfüm.

Ihre Hand, die bisher neben ihr ruhte, hebt sich demonstrativ. Ich bin plötzlich irgendwer, nur nicht ich. Und ›Irgendwer‹ ist mutig. Ich nehme die mitgebrachte Tasche und öffne sie. Dabei schaue ich ab und zu in die dunklen Augen meines Gegenübers. Sie beobachten mich immer erstaunter, während ich auspacke: zuerst die zwei Weingläser, dann die Platte mit dem Manchego und dem Messer. Zuletzt ziehe ich den Vino Tinto aus dem Beutel und entkorke ihn kaum hörbar. Das leise Blubbern beim Einschenken beruhigt. Ich stelle alles auf das Holztablett und setze mich zu der geheimnisvollen Dame auf die Mauer. Zwischen uns das Gedeck und eine große, unbestimmte Erwartung.

Fern und doch nah

Die Frau mustert mich eingehend. Auch ich versuche, etwas aus ihrem Gesicht herauszulesen. Ihre Wangenknochen sind ausgeprägt, die Augen dunkelbraun und tief liegend. Sie hat eine lange, gerade Nase. Ihre leicht nach unten gezogenen Mundwinkel verleihen ihr ein strenges Aussehen. Was sie wohl über mich denkt?

Da geschieht es das erste Mal: Sie lächelt! Und die Welt wird anders! Noch nie hat mich ein Gesicht so verzaubert. Zuerst verändern sich ihre Augen. Kleine Fältchen bilden sich in den Augenwinkeln, gleichzeitig heben sich ihre Brauen. Auf der Stirn formen sich leichte, sympathische Wellen.

›Wie das Meer im Hafen‹, denke ich.

Dann hebt sie die Mundwinkel. Eine Reihe Perlen wird sichtbar. Glänzend wie die weißen Boote auf dem Wasser.

Ich reiche ihr ein Glas Rotwein. Sie nimmt es und greift zu einem Stückchen Manchego. Ich tue es ihr nach. Noch immer ist kein Wort gewechselt worden. Keine Begrüßung, kein Vorstellen, kein Small Talk. Als träfen sich langjährige Freunde.

Und wenn es eine Falle ist? Wenn gleich zwei oder drei Muskelprotze hervorspringen und mich zusammenschlagen? Das wäre absurd. Ich habe nichts bei mir außer dem Hausschlüssel. Warum vermute ich hinter allem etwas Schlechtes?

Die junge Frau beißt in den Käse, genüsslich und mit voller Konzentration. Ich denke, selbst wenn jetzt ein Panzer vorbei fahren würde – auch er könnte sie nicht ablenken. Nach ein, zwei Minuten setzt sie das Glas an ihre Lippen, zieht eine winzige Probe des roten Goldes auf die Zunge und kaut bedächtig. Scheinbar habe ich den richtigen Wein gekauft. Ihre Augen, mir nur halb zugewandt, drehen sich einen

Augenblick nach oben. Nur ein wahrer Genießer und Kenner hat diesen Blick!

Die Geheimnisvolle bewegt ihren Körper zum ersten Mal. Ihre Fußspitzen berühren den Boden, sie dreht ihren Oberkörper zu mir und zieht die Beine hoch. Sie greift nochmals zum Weinglas und nimmt einen kräftigen Schluck, den sie wieder kaut.

»Olivia«

Ich erschrecke maßlos. Die Stille war bisher der Dritte im Bunde gewesen. Mich störte das nicht. Nun ein Wort, ein Name, eine Offenbarung. Ich nehme ebenfalls einen Schluck Tinto, genieße ihn und werde ruhiger.

»Mario«

Ein Name, ein gelüftetes Geheimnis. Ich bleibe ihr nichts schuldig. Sie nickt nur und schweigt.

Ich drehe mich ihr etwas zu, um sie besser anschauen zu können. Eine wirklich verrückte Situation! Es wird bereits halb drei in der Nacht sein. Da sitzen sich zwei Unbekannte auf einer Steinwand gegenüber und trinken Wein. Die Wellen schlagen ans Steilufer, die Boote schaukeln hin und her, einige Katzen springen über leere Tische am Straßenrand.

»Wollen wir uns nicht lieber an einen Tisch setzen?«, wage ich einen Vorstoß. Ob Olivia Deutsch versteht? Da plötzlich schwingt sie sich von der Mauer, nimmt ihr Glas und die Flasche Wein und schlendert die Straße hoch Richtung Hostal. Ich nehme den Rest und folge ihr. Federnd und mit fließenden Bewegungen strebt sie auf das verlassene Straßencafé zu. Scheinbar gefällt ihr der Vorschlag. Ihre Haare sind außergewöhnlich lang, sie reichen ihr bis zur Hüfte.

Olivia setzt sich gleich an den ersten Tisch. Gelblich fahler Schein fällt von der danebenstehenden Laterne herunter. Sie stellt Wein und Glas ab. Ich gehe um sie herum. Ihr gegenüber Platz nehmend, stelle ich die Platte auf den Tisch.

Olivias Hände sind sehr feingliedrig und gepflegt. Einen Ring sehe ich nicht. Um ihren Hals trägt sie eine schlichte Silberkette, passend zu den großen Kreolen.

»Besser?«, fragt sie plötzlich. Wie?! Was?! Ich bin ganz weit weg. Ach so.

»Bequemer« Mehr fällt mir nicht ein.

Ich schaue ihr auf den Mund. Ob sie erwartet, dass ich ein Gespräch beginne? Ich denke nicht. Noch nie hatte ich bezüglich eines Menschen einen solchen Instinkt. Hier sagt er mir: ›*Alles klar, alles okay so, wie es ist.*‹ Sie ist warm. Sie hat Erfahrung. Sie führt – sie ist einsam.

Ich fühle, dass ich recht habe mit meinen Empfindungen. Aber wie soll ich mich verhalten? Das Rauschen der Wellen und das Geschrei der Möwen wischen alle Gedanken in mir weg. Sie trinkt, ich trinke. Wir genießen.

Unerklärbar

»Du sprichst Deutsch?« Obwohl ich leise spreche, durchschneidet meine Stimme donnergleich unser nächtliches Schweigen.

»Sí!«

Frage ich sie, ob sie hier wohnt? Das zerstört den Zauber, der sie umgibt. Nein. Solange Olivia nichts fragt, tue ich es auch nicht.

Doch Wein wäre nicht Wein, wenn er Frauen nicht zum Reden bringen würde!

»Du gefällst mir, du sprichst nicht viel.« Es ist eine Feststellung, die Olivia da trifft.

Ich schaue sie nur weiter an. Je länger ich die Unbekannte betrachte, desto mehr erkenne ich in ihr einen Juwel, einen überaus besonderen Menschen. Aber warum sitzt dieser Edelstein nachts um zwei Uhr auf der Hafenmauer und lässt sich auf eine ferngestikulierte Einladung zum Weintrinken mit einem Fremden ein?

Ich denke nicht nach. Nein, ich möchte das nicht.

Trotzdem höre ich mich auf einmal sagen: »Du liebst Schweigen?«

»Das ist eine sehr schwierige Frage!« Olivia sieht meine Verblüffung, denn sie erklärt: »Reden ist schon wichtig, aber es muss aus Interesse und mit Bedacht geschehen.«

»Und wenn ich aus Interesse fragen würde, warum du nachts so alleine auf der Hafenmauer sitzt? Wäre das einer Antwort wert?« Ich bin weit weg von dieser Welt, weit entfernt von meinem Kern, der mich ausmacht. Ich schwebe.

Normalerweise spreche ich nicht so geschraubt, doch ich sage ja, heute ist etwas anders bei mir. Und genau genommen rede ich Unbekannte auch mit ›Sie‹ an, aber es scheint mir heute unangebracht. Die

Dunkelheit und die Geräusche der Nacht hüllen uns beide in einen gemeinsamen Mantel des Verstehens.

Bevor Olivia zu antworten vermag, drängt sich ein weiterer Lichtstrahl in das nächtliche Ambiente. Er kommt aus dem vierten Stock des ›Apartementos Llevant‹, das Terrassenlicht wurde angeschaltet. Widerwillig blicke ich hoch. Thomas winkt herunter. Sein Gesicht sehe ich nicht. Was er wohl denken wird? Schließlich trinke ich Wein mit einer völlig fremden Frau und das in tiefer Nacht in einem leeren Straßenrestaurant!

Da verlässt er den Balkon, das Licht erlischt und Olivia und ich sind endlich wieder allein.

»Ich sitze fast jede Nacht hier.«

»Wartest du?«

»Ja.«

»Auf wen oder was?«, frage ich und nippe am Weinglas.

Sie tut es mir gleich und ihre Augen funkeln mich an. Ich fühle plötzlich meinen Körper nicht mehr! Alle Kraft in mir fließt zu dieser Frau. Welche Gefühle durchfluten mich da?

»Auf Menschen wie dich warte ich.«

Irgendetwas stimmt nicht mit ihrer Antwort. Wieso wartet sie auf Menschen, wie ich es bin? »Bin ich etwa etwas Besonderes? Ich mache doch nur Urlaub hier.«

Olivia hebt ihr leeres Glas, ich schenke ihr nach. Dabei habe ich das sonst übliche Zittern der Hände verloren. Sie beugt sich vor.

»Danke! Der Wein ist vorzüglich!« Ihre Stimme ist sehr sanft.

Ich kann nichts erwidern. Das geheimnisvolle Wesen mir gegenüber hat die letzte Frage nicht beantwortet. Ich sehe sie an, blicke ihr fest in die Augen. Alles ist möglich geworden. Da sich meine anerzogenen und erworbenen Werte inzwischen in der Dunkelheit aufgelöst haben, sage ich ihr direkt ins Gesicht, was ich noch nie jemanden gesagt habe: »Du bist sehr schön!«

Eigentlich wollte ich sie ermahnen: ›*Pass auf dich auf! Sitze nachts nicht alleine im Hafen!*‹, doch alles geht daneben! Was ist nur los mit mir?

»Keine Sorge, ich passe auf mich auf!« Olivia hat verstanden!

Wir erheben unsere Gläser, trinken, essen vom Manchego. Der Wind hat sich gelegt. Das Schlagen der Wellen am Steilufer gegenüber bleibt. Bierdosen rollen über das Pflaster, ein paar Katzen tanzen herum. Olivia hat die Beine übereinandergeschlagen. Ab und zu wirft sie den Kopf in den Nacken, um ihre Haarpracht zu ordnen.

»Ich gehe dann. Danke für Wein und Käse!« Sie erhebt sich unvermittelt. Bevor sie sich vollends abwendet, fügt sie rasch hinzu: »Danke für *alles*, Mario!«

Ich bin zu überrascht, um zu antworten. Nur aufstehen kann ich. Olivia läuft Richtung Hafen, ohne sich umzuwenden. Sie hat einen sportlichen, einen sehr femininen Gang.

Ich werde traurig.

Setze mich.

Trinke.

Zweiter Abend

»Was war gestern mit dir?«, fragt mich Thomas. Wir frühstücken in der ›Bar Cala‹ neben unserer Unterkunft. Es ist ausgerechnet die Bar, in der ich nachts mit Olivia saß.

Schirme schützen nun die Tische vor der Sonne, ein Ausflugsschiff verlässt gerade den Hafen.

»Was soll gewesen sein? Ich habe eine Frau kennengelernt und mit ihr Wein getrunken. Mehr nicht!«

Warum klingt meine Stimme so aggressiv?

Thomas schmunzelt nur. »Als ich runter gesehen habe, war es fast drei Uhr, und du hast dort alleine am Tisch gesessen. Getrunken hattest du, das stimmt.« Sein Grinsen wird breiter. »Das kann man wohl sagen!«

Mich berührt es wenig, was er denkt. Offensichtlich hat er die dunkle Gestalt Olivias übersehen.

ooo

Ich sitze im gepolsterten Sessel auf der Veranda. Die Plastikstühle, die hier stehen, sind mir nicht stabil genug, ich habe einen Wohnzimmersessel herausgetragen und mache es mir bequem. Meine Cousins schlafen bereits, es ist kurz vor Mitternacht. Auf dem vom Wochenmarkt erworbenen Olivenholzbrett liegen Manchego-Stücke. Eine Flasche ›Balancines Gold‹ ist geöffnet, aber noch habe ich mir nichts eingeschenkt. Dauernd muss ich an Olivia denken! Den ganzen Tag über stellte mir mein Unterbewusstsein eindringliche Fragen. Keine kann ich beantworten. Nun sitze ich hier, genieße den Klang des Meeres und die Dunkelheit. Auch die Laterne, unter der gestern die dunkle, geheimnisvolle Frauengestalt saß, sehe ich. Und ein

Schaudern erfasst mich plötzlich! Ich nehme die Brille ab und setze sie wieder auf.

Nein! Ja! Doch! Olivia!

Es muss Olivia sein! Ich winke Richtung Hafenmauer. Ein Arm schwenkt kurz zurück.

Ich verlasse die Unterkunft mit dem Genießerpaket in der Tasche aus Leinen. Mein Atem keucht, das Herz macht Luftsprünge. Mitten auf der Straße bleibe ich stehen. Ich deute mit dem freien Arm auf den ersten leeren Tisch der ›Bar Cala‹. Eine Frau schwingt sich anmutig von der gemauerten Straßenbegrenzung. Heute verraten nicht nur die langen Haare, dass es sich um eine Frau handelt. Keine dunklen Hosen verdecken die hellen, geraden Beine, die festen Schrittes auf mich zukommen. Olivia! Sie trägt sie einen Minirock, schwarze Riemchensandalen und eine gestrickte Jacke. Sie lächelt. Ihr Gang fasziniert mich erneut. Ihre Art zu Gehen ist aufregend und zeugt von einer unbändigen Energie. Ohne ein Wort setzt sie sich. Da ihr Rock kurz und eng ist, schlägt sie die Beine seitlich zum Tisch übereinander. Auch ich setze mich. Wein und Gläser, Käse auf dem Olivenholzbrett – ich packe alles aus und schenke das erste Mal ein.

Ich sitze ebenfalls zu Seite gewandt. Mein Blick fällt auf Olivias Beine. Das Licht der altertümlichen Straßenlaterne ist nicht hell. Dennoch erkenne ich die sehr jugendlich wirkenden Füße, die noch von keinen unschönen dicken, blauen Adern durchzogen sind. Die Nägel sind pink oder rot lackiert, genau kann ich es in dieser Beleuchtung nicht feststellen. Dann wandern meine Augen höher, bis sie auf den runden, weichen Knien ruhen. Wie fraulich Olivia ist! Ich spüre, dass sie meine Blicke zufrieden verfolgt. Sie versucht nicht, auszuweichen, sondern scheint sich ihrer Schönheit sehr bewusst zu sein.

Wie auf ein geheimes Zeichen hin wenden wir uns einander zu, sie greift zum Glas und nippt etwas. Anerkennend nickt sie leicht mit dem Kopf und trinkt einen ersten großen Schluck. Wie gestern kaut sie lange nach und rollt dabei die Augen nach innen.

Wieder stehe ich neben mir. Kraft verlässt mich und strömt auf sie über. Natürlich bilde ich es mir nur ein – oder etwa nicht? Nichts scheint mir mehr heilig zu sein. Ich frage doch tatsächlich: »Frierst du nicht in deinem kurzen Rock?«

Aber die Welt bricht nicht zusammen, ich habe keinen Schaden angerichtet mit meiner indiskreten Äußerung.

»Du bist ja da!«

Ich bin da. Ja und? Ich sitze einen halben Meter entfernt von ihr. Wie kann ich sie da wärmen? Mir wird plötzlich schwindlig. Olivia sieht mich auf eine eigenartige Weise an, durchdringend und gleichzeitig unglaublich sanft.

Bis sie merkt, dass ich begreife.

Da lächelt sie auf ihre unnachahmliche Art und ich verstehe alles. Ich vermag es nicht auszudrücken, fühle es jedoch deutlich. Ich ahne, dass meine Existenz wichtig für die ihre ist. Aus welchem Grund bleibt mir aber verschlossen.

»Warum suchst du jemanden, wie ich es bin? Kommen nicht öfters Urlauber hierher, die mit dir Wein trinken?« Ich höre mich hart und taktlos sprechen.

Olivias Augenlider flattern und verwischen die kleinen Salztropfen, die aus ihrer Seele nach draußen drängen.

Ich versinke vor Scham im Boden. Bevor ich eine Entschuldigung stammeln kann, glättet ihre tiefe und volle Stimme alle Wogen eines Missverständnisses. »Das sind zu viele Fragen. Nein, du bist der Erste, mit dem ich hier sitze und rede. Nur Menschen wie du können mich treffen.«

Ich verstehe gar nichts. Nur bin ich etwas

erleichtert, dass da nicht jede Woche ein anderer Tourist mit ihr zusammen sitzt und … Ach, was denke ich da! Schluss, aus! Ich nehme einen kräftigen Schluck. Dieser Wein ist stark, in Geruch und Geschmack hervorragend.

Olivia spürt womöglich, dass ich mich durch meine unangebrachte Neugier selbst verletzt habe. Ganz fest drücken ihre schlanken Finger plötzlich meine Hand. Wärme und Entspannung geht von ihr aus. Ich werde wieder ruhig. Aber auch die schöne Geheimnisvolle genießt den Händedruck. Sie rollt die Augen nach innen, während sie das Glas zum Mund führt und mit einem vollen Zug leert.

Letzte Nacht

Wieder sitzen wir zusammen, trotzdem heute ist alles anders. Morgen früh werde ich abreisen. Ich habe es Olivia gegenüber noch nicht erwähnt, doch sie scheint es zu ahnen.

Ich denke zurück an die letzten Tage. Andreas und Thomas halten mich für etwas verrückt. Sie haben ein- oder zweimal nachts herunter gesehen und nur mich entdecken können, wie sie behaupten. Sie haben keine Frau bemerkt. Nein, da saß niemand mehr am Tisch. Ständig beteuerten sie es mir. Ich schwieg dann und sagte nur, dass es mir gefalle, meinen Wein unten zu trinken. Da ließen sie mich in Ruhe.

Olivia ist wie immer schick gekleidet. Die Nächte sind warm geworden, eine Hitzewelle fällt über Mallorca her. Es wird kaum kühler als 25 Grad.

»Ich muss morgen abreisen.«

»Ich weiß.« Olivia schaut mich an. »Die letzte Nacht gehört aber uns alleine.«

Bis jetzt weiß ich nichts über diese Frau. Ist es überhaupt wichtig?

»Darf ich mich neben dich setzen?« Ihre Frage überrascht mich nicht, ich nicke.

Plötzlich wird es eine Nuance heller, oben im vierten Stock geht das Balkonlicht an. Thomas und Andreas winken herunter. »Nicht so spät, morgen früh müssen wir zeitig aufstehen!«, mahnen sie und verschwinden wieder. Das Licht erlischt.

Die hübsche Frau neben mir ist wichtiger. Sie ist mein Sein.

Mein Sinn im Leben.

»Kannst du nicht mit mir kommen?«, frage ich, ohne zu überlegen.

»Kannst du nicht hierbleiben?«, lächelt sie zurück und ich verstehe sie.

Beides ist nicht möglich.

Wir trinken einen Schluck Tinto. Die spärlichen Lichter der Laternen schneiden schwache Blasen in die Dunkelheit. Nur das Rauschen der Wellen ist zu hören.

Olivia hat sich dicht an mich geschmiegt. Sie trägt eine cremefarbene Bluse, ihren schwarzen Mini und die schwarzen Sandalen. Ihre Lockenpracht hat sie mit einem pinkfarbenen Stoffband gezähmt. Mich verlässt alle Logik. Ich muss sie doch verlassen!

Aber ihre Arme um meinen Nacken ziehen mich zu ihr hin. Ich ertaste ihren Rücken und presse eine Frau an mich, die ich nie kennen werde! Der Kuss dauert ewig. Unsere Lippen sind wie Rettungsboote im tosenden Meer. Sie können sich nicht aufgeben. So als wäre da die Angst, im Tod zu versinken, sobald wir uns trennen.

»Olivia!« Nach Unendlichkeiten lösen wir uns. »Ich frage nicht, wer du bist. Ich frage nicht, was sein wird. Ich möchte nur eines wissen, ...«

»Ja!«, unterbricht sie. »Ja, ich liebe dich! Nur dir ist es gelungen, dieses Gefühl in mir zu wecken. Ich habe es so lange gesucht. Jetzt erst weiß ich, wie es ist, geliebt zu werden. Ohne Plan und Berechnung. Einfach so!«

Ich bebe. »Woher weißt du ständig, was ich sagen möchte?«

»Mario, wir sind doch *eins*. Keiner von uns wird mehr ohne den anderen existieren.«

Ich schaue sie an. Kann den Sinn ihrer Worte nicht erfassen. Im Laufe der wenigen Tage fesselte mich Olivia mehr und mehr. Ich werde sie nicht verlassen. Ich kann es unter keinen Umständen!

Meine Hand fasst die ihre, wir schlendern aneinandergelehnt und sitzen irgendwann unter der Laterne, wo ich sie die erste Nacht lehnen sah. Ganz fest halten wir uns. Olivia presst sich an mich, ich spüre sie und mein Verlangen nach ihr wächst. Ich zähle die Küsse und Umarmungen in dieser Nacht nicht mehr. In dieser Nacht, in der zwei Seelen zu einer werden.

Untrennbar. Für immer.

Epilog

»Guten Tag, Herr Ritter!«

»Guten Tag, Herr Doktor Eisenbruch. Wie gehts meinem Cousin Mario?« Thomas sieht den Arzt fragend an.

»Ich habe keine Vermutung, an was Ihr Cousin erkrankt ist. Seit er vor drei Tagen mit dem Rettungshubschrauber aus Mallorca hierher gebracht wurde, ist er abwesend und weigert sich zu essen. Er fragt dauernd nach einer Olivia. Haben Sie eine Ahnung, wer das ist?«

Thomas überlegt nicht lange und erzählt dem Arzt, wie sich Mario im Urlaub verändert hatte. Er hatte mit einer eingebildeten Frau, die niemand außer ihm sah, nachts Wein getrunken und sich unterhalten. Natürlich entstammte das alles nur seiner Fantasie. Thomas und Andreas hatten nie diese »Olivia« gesehen. Oft standen sie beide im

Dunkeln auf den Balkon und beobachteten Mario, wie er einer unsichtbaren Person zuprostete und sich halblaut mit jemand zu unterhalten schien.

»Dann scheint sich mein Verdacht auf Schizophrenie leider zu bestätigen.« Doktor Eisenbruch wiegt sorgenvoll den Kopf.

»Kann ich zu ihm?«

Natürlich darf er. Thomas betritt das Zimmer. »Hallo Mario, wie geht es dir? Ich habe mir sagen lassen, dass du hier völlig von der Außenwelt abgeschirmt bist. Hier, ich habe dir wenigstens etwas zum Lesen mitgebracht.«

Wortlos nimmt Mario die Zeitung. Er blättert darin. Plötzlich wird er aschfahl, schwankt und fällt zu Boden. Einfach so!

So eilig Doktor Eisenbruch auch herbeigerufen wird, kann er doch nur den Tod des Patienten diagnostizieren. Wahrscheinlich Herzstillstand in Folge übergroßer psychischer Belastung.

Thomas wird hinausgeschickt. Hier kann er jetzt nichts Nützliches tun. Er hebt die heruntergefallene Zeitung auf und eilt mit starrem Blick hinaus. Im Wagen angekommen, nimmt er das Blatt genauer unter die Lupe. Was hat seinen Cousin Mario nur so erschreckt?

Er durchblättert hektisch die einzelnen Seiten. Nichts! Kopfschüttelnd startet er den Motor und wirft die Zeitung achtlos auf den Rücksitz.

Die letzte Seite liegt obenauf. »Wer kennt diese Frau?«, beginnt ein kleiner Polizeireport am Rande, nur eine einzige Spalte breit.

»Die Leiche einer unbekannten Frau wurde vorgestern im Hafengebiet von Cala Figuera aufgefunden. Wer kann sachdienliche Hinweise zu ihrer Identität machen?«

Das Foto daneben zeigte eine junge, außergewöhnlich attraktive Frau im schwarzen Minirock, cremefarbener Bluse und schwarzen Sandalen. Ein pinkfarbenes Stoffband durchzieht ihr langes, lockiges Haar.

--- ENDE ---

Über den Autor:

Michael Kalters schrieb bereits im jugendlichen Alter Kurzgeschichten und Gedichte. Wohnhaft im Thüringer Wald zog es ihn dazu immer wieder hinein in die Natur, weg vom stressigen Durcheinander menschlicher Beziehungen. Doch das änderte sich.

Menschen zu beobachten und Charaktere zu erforschen wurde immer interessanter.

Im Mittelpunkt standen und stehen in erster Linie die Dinge, die nicht vordergründig ins Auge stechen. So werden die Reaktionen und Entscheidungen der Menschen nicht einfach erzählt, sondern tiefgründig hinterfragt. Dadurch kommt man den Akteuren sehr nahe.

Der Autor bereiste über Jahre hinweg regelmäßig Vietnam, aber auch Hongkong oder Teile Spaniens, was sich in seinen Erzählungen durch detailgetreue Beschreibungen von Land und Leuten äußert.